보통은
이렇게
살고 있습니다

'열심히'와 ——— '적당히'

그 어디쯤을 살고 있는

오늘의 빵이

보통은 이렇게 살고 있습니다

글·그림 빵이

팩토리나인

프롤로그

하루하루를 죽이다
낙서를 깨작대기 시작했고

쓰담

칭찬 받는 게 좋아서
계속해오던 것이
지금 이 책이 되었습니다

때로론 슬럼프도 있었습니다

나.. 도대체 이걸 왜하는 거지?
아이고 의미 없다 ~

그래!
찌질한 내 일상!
내 일상을 빛내주자!
가식 없는 내 삶!
그걸로 충분해!
흥분하면 콧구멍 확장

치기 어릴지라도 진정성 있게

와 ㅡ
되게 찌질해
ㅋㅋ

조금이라도 성장한다면 더할 나위 없고

고상한 척은 금물!

내 삶을 부끄러워 하거나
포장하지 않기로 마음먹고 기록했습니다

지독하리만큼 무난한 일상을 불평하며 살다
이렇게 인생을 허비할 수는 없다며 시작한 그림일기.

이런 시답잖은 이야기를 나누는 것이
과연 가치가 있는 일일까?
너무나도 평범한 나의 이야기들을
사람들이 과연 보러 와줄까? 이런저런 고민도 많았습니다.

하지만 크나큰 공감과 위로를 보내주신 많은 분들 덕분에
지금까지 계속해서 그릴 수 있었고,
또 그것을 발견하고 이끌어주신 분들 덕분에
부족한 제 이야기가 책으로 나오게 되었습니다.
정말 정말 감사드립니다.

덕분에 저는 막연하지만 설레는 희망을 품게 되었습니다.
치기 어릴지라도 자신을 부끄러워하거나 함부로 대하지 말자는,
이렇게 부족한 나 자신도 어딘가 분명 쓸모가 있을 거라는.

그리하여 저는 오늘도
순간순간 사라지고 있는 제 인생을 그림으로 잡아두려고 합니다.
그 와중에 조금이라도 성장한다면 더할 나위 없겠지요.

어느 여름날,
빵이

목차

프롤로그 • 004

1

지금 출근하고 있지만,
빨리 퇴근하고 싶다 • 012

일요일 밤의 꿈 | 월요일 밤의 꿈 | 칼퇴하고 싶다 | 공공의 적 1 | 공허한 결투 | 무두절 | 선배와 나 | 고구마 100개 | 회사 밖에 대한 예의 | 새로운 회식 스킬 | 공공의 적 2 | 자기 얼굴은 생각도 안 하고 | 일 잘하는 법 | 젊꼰의 탄생 | 나의 선배 1 | 나의 선배 2 | 나의 선배 3 | 선배의 근속비결 | 엑셀의 신 | 엑셀의 신이 빠트린 함정 | 인정욕 | 난감한 상황 | 죽이지 않으면 내가 죽는 거야 | 금단 현상 | 월급쟁이의 설움 | 팀장 수당의 용도 | 갑(자기)분(위기)팀(장) 1 | 나의 쓸모 | 면접 공감 | 상대방의 상대방 | 갑(자기)분(위기)팀(장) 2 | 대기업 미팅 1 | 대기업 미팅 2 | 미팅 공감 | 백수시절의 내가 지금의 나를 위로한다 | 퇴사철 | 엘리베이터 앞 백팔번뇌

2

오늘 일은
맛있는 거 먹고 다 잊자 • 062

모순 덩어리 1 | 모순 덩어리 2 | 모순 덩어리 3 | 모순 덩어리 4 | 망각은 축복 | 쇼핑 불변의 법칙 | 앞뒤 구분하자 | 말의 효과 | 걱정을 대하는 태도 | 가시가 되어 | 제대로 짖어줘 | 어른이 되었다고 느끼는 순간들 | 이상과 현실 | 병가자의 하루 | 집순이의 외출 준비 | 시간의 상대성 | 피부 노화 현타 현장 | 커피보다 쓴 인생 | 이번 생에서는 알 수 없겠지 | 진정한 친구 | '누구'가 '모두'일 수는 없으니 | SNS 효과 | 명절을 앞둔 우리들의 자세 | 요즘 내가 살찌는 이유 | 식사 의식 | 타인의 불행 | 비싼 소박함 | 정화는 이렇게 | 바다는 바다고 나는 나고 | 목욕탕에서 | 안티에이징 100년 시대 | 미용실이 불편한 이유 | NO 관심 YES 자유 | 빵이 약이다 | 결과보다 과정이다 | 진심의 정의 | 주말의 속도 | 병원비 벌려고 일하나 | 바로 지금 | 저지방 우유의 함정 | 좋은 소리가 나는 사이 | 설렁설렁 살고 싶다 | 조언과 간섭의 차이 | 단발병 치유기 | 내 집 마련 | 마스크란 물건 | 헬요일 | 지옥철 | 결핍의 소중함 | 여행의 묘미 1 | 여행의 묘미 2 | 발샷 원샷 봄날 굿바이 | 가을맞이

3
계속 이렇게
살 수는 없다고 생각한다 • 136

부모님 얼굴 떠오르는 퇴근길 | 존재감 없는 존재 | '적당히'의 무게 | 난 후회하지 않아 정말 | 나의 우주 | 아픈 날은 날씨도 억울하다 | 지구야 미안해 | '된 일'과 '안 된 일' | 이상스럽게 좋은 냄새 | 잃을 것이 없다 | 지금 이렇게 사는 이유 | 때때로 드는 생각 | 비겁할지언정 비굴해지진 말자 | 건강한 체념 | 여행사에 다니면서 깨달은 것 | 오늘+오늘=미래 | 세상에 없는 가방 | 빵이의 띵언 | 그딴 노력 개나 줘 | 듣고 싶은 말은 정해져 있었다 | 와씨 나란 인간 | 오래된 나무 | 내가 좋아하는 카페가 망하는 이유 | 자본주의의 맛 | 베프와의 대화 | 출구 없는 허영심 | 맥주가 있는 밤 | 절대로 생각하지 말기 | 카페 취향 | 옛날의 나를 기억해보자 | 이것이 바로 예민美 | 내 모습 그대로 사는 연습 | 노동의 맛 | 거울 앞에 서자 | 진짜 지켜야 할 것은 | 나에게 하고 싶은 말 | 연말이 뭐라고 | 뭐 맨날 신경성이래 | 쉬운 게 하나 없네 | 나에게 주어진 짐 | 요가를 배운다 | 정말 좋은 것 하나로 족하다 | 희한한 부끄러움

4

대충 보아야
아름다운 것도 있다 · 202

메뉴 고르기 개미지옥 | 내 인생이 평온했던 이유 | 아빠도 인간이라 | 엄마의 떡볶이 비법 | 간절한 꿈 | 결정적 이유 | 이러면 편하대 | 우리 할머니 이야기 1 | 우리 할머니 이야기 2 | 우리 할머니 이야기 3 | 우리 할머니 이야기 4 | 할머니의 제사상 | 이제 이해가 가요 | 고마운 남편 | 귀여우면 틀림이 없다 | 내 동생 이야기 1 | 내 동생 이야기 2 | 내 동생 이야기 3 | 억울하면 네가 누나 해라 | '엄마'라는 두 글자 | 스마트폰이야, 나야? | 대충 보아야 아름다운 것 | 결혼생활이라는 게… | 우산을 잃어버렸다 | 휴일의 카페

에필로그 · 242

1

지금 출근하고 있지만,

빨리 퇴근하고 싶다

일요일 밤의 꿈

↓
낮잠까지
열다섯시간을 잤지만
또 잘 수 있다

절대 못 지키지만
매주 일요일마다
잠들기 전 하는 다짐

내일은 기필코

예쁘게 하고 출근해야지!

월요일 밤의 꿈

불길한 예감은 틀린 적이 없고

샴푸는 앞머리만
(냄새 죄송…)
널부러져 있던
루즈핏 니트
오직 방한
목적의 부츠

난 오늘도 그지꼴로 출근하였다

이런 날은 거울 속 내 모습을
마주할 때 마다 자괴감이 밀려들고

벅벅벅
아침부터 짜증이
왜 안 가시나 했더니
내 꼬리지 때문이었구나

바닥을 친 자존감 덕에
업무태도도 소극적으로 변모한다

이런 날은
눈을 잘 못 마주침
니예~
니예~
전화할 땐
분명 쌈닭
모드였는데
거래처 담당자

고로! 내일은 기필코

예쁘게 하고 출근해야지! × 무한루프

칼퇴하고 싶다

별일 아닌데 귀찮고 신경 쓰이는 일
미루고 퇴근할까 하다

와씨
포기하고
싶다

이 말을 다시 가슴에 새긴다

작은 틈이
댐을 무너뜨린다

공공의 적 1

옛날 옛적에 코드가 잘 맞는 세 사원과
공공의 적이 살고 있었어요

아나 공대리땜에
수명 단축될거 같아
도대체
왜 그렇게
쥐잡듯 잡을까
처음에 일을
험한 사람한테
배웠나 봐

그러던 어느 날 공공의 적이 퇴사를 했어요

잘들 살아라
조무래기들아~
꼭 포악스러운 →
사람은 좋은 회사
이직도 잘되더라
(연봉 협상도 잘함)

그러자 죽고 못 살던 세 사원은
왜인지 모르게 서먹해졌답니다?

왠지…
할 말이 생각나질 않는다!!

공허한 결투

거래처 담당자와 온종일 혈투를 벌였다

3조 2항
무조건 넣어주세요
안 그럼
계약 안 함
뭐 이딴
그건 너무 일방적이고
불합리한데요?

나도 안다

이번 건
해결 못하면
부장한테
작살날 듯

그도 어쩔 도리가 없다는 것을

그리고 그것은

밥값 하려면
이 정도는 해야 된댔다

나도 마찬가지

결국 이 犬싸움은
권한이라고는 쥐뿔도 없는
두 직장인의 공허한 울부짖음

무두절

정말 이상하다

우리 팀장님은

다정다감한

자유방임형
상사인데

연차만 쓰시면 왜 이리
여름방학 마냥 신이 날까

경) 무두절 (축

들썩
들썩

선배와 나

1.
선배, 우리 연봉 협상은 언제 해요?
저기, 연봉 통보라고 해줄래?
말은 바로 해야지 얘야

2.
선배, 요즘 후배들은 선배들이 참 편한가 봐요
그러게나 말이다 내 후배야
나 막대하구 놀리구
요즘 아주 그냥 맞먹드만

고구마 100개

아침부터 오늘 회식이라고 노래를 불렀는데 빠릿빠릿하게 좀 하지 넌 꼭 이런 날 일하는 티 내더라?

당신이 4시에 오늘까지 끝내라고 던져준 일 때문이잖아!!!
라고는 역시 받아치지 못했다

회사 밖에 대한 예의

회식 자리에 누구
보여줄 사람도 없는데
우린 왜 이러고 있는 걸까

왠지 사람 몰골은
하고 나가야
할 것 같아서
응. 회사 밖엔
다른 회사 사람들이
있잖아

새로운 회식 스킬

결국 업무 마무리하느라 혼자 낙오됐다
빨리 가서 안전한 자리
선점했어야 했는데
바보 바보 바보!
지도앱

그런 날 기다리는 건 역시 반전 없는 그 자리
본부장님

그러나 불행인지 다행인지

숫기 없고
입 발린 소리 못하며
안주에만 집중하는 나

본부장님도 날 불편해 한다

자, 이제 다른 테이블로 가볼까나 허허

공공의 적 2

공공의 적은 뭔가 일이 틀어지면
그렇게~ 책임 소재를 찾아
난리 부르스를 쳤다

누구!
누구야
누가 그랬어
누구
누구

그놈의 누구! 누구! 누구!
급하신 것 같은데 방화범 찾는 일보다
불끄는 일이 우선 아닌가요!!!

물론 이렇게 말하지는 못했다

히스토리를 뒤져보니 그 누구는 바로
공공의 적 본인이었다
곰곰
과장님 그거
3차 수정 하셨을 때
변경됐던 거 같더라구요
이럴 경우 그녀에겐
두 가지 포지션이 있는데
내가 언제?
① 부장님의 격노가 풀리지 않으면
그녀는 기억상실증 환자가 되고
내가 부장님 앞에서 순발력 있게 넘어 갔잖어
안 그랬음 우리팀 지금 난리났다
조무래기 들은 이런 맘 모른다
② 부장님이 모르고 넘어가면
그녀는 자신에게 만큼은 관대한 보살이 되었다

자기 얼굴은 생각도 안 하고

김대리는 물에
가라앉질 않겠어
배에 늘 튜브를 끼고 있으니
이주임 머리 잘랐네?
남자들은 긴 머리 좋아하는데
아니 홍대리는
야근도 안 하는 사람이
다크서클이 왜그래?

남을 희롱하는 걸

와하하

위트라고 착각하는 사람들이 꼭 있다

일 잘하는 법

아빠가 말씀하시길,

일이 재밌으려면 잘해야 된다

'아, 그래서 내가 일이 재미없었구나?'

젊꼰의 탄생

(입사 후 처음으로 불려간 자리)
맨손으로 왔네? 내가 하는 말 토씨 하나 안 빼먹고 기억하나 어디 보자?

옛날 옛적 나의 사수는 호랑이었지

벌벌
신경성 위염
나만 보면 도끼눈
다시
왜인지는 비밀임

영문도 모른 채 같은 일을 반복하곤 했어

그 사수를 마주하기 두려워서
다음 날 아침이 안 왔으면
했던 밤도 수없이 많았다구…

그러니까 넌 얼마나
행복하냐?
사수가 이렇게
착하고 말이야?
와..
그런 말을 본인 입으로
잘도 하시네요?

그로부터 7년 후, 나도 꼰대가 되었다

신은 나에게

쓰레기
멘탈은
덤이신가요

힘겨운 직장생활을 주셨지만

난 너의 대나무 밭
너의 독을
나에게
쏟아내거라
선배…
고마운데
선배 독이나
우선 처리좀…

그것을 견뎌낼 수 있도록
좋은 사람도 함께 주셨다

나의 선배 2

취미이자 특기가
밭일인 나의 선배는

아파트 청약은 떨어졌으나
주말농장 분양은 당첨
운도 억수로
좋구나 냐하하

회사에서 낭패를
당할 때마다
귀농을 진지하게
꿈꾸지만

와ー
이 기생충 같은 놈
소작농하고 싶다
물욕 없을 자신
있는데ー

아직은 벌레 같은 저 작자가
진짜 벌레보단 덜 징그러워 참는다

애송이는
기획서나
평생 써라

나의 선배 3

있잖아,
나도 이제 참지 않을 거야

호구
노노

나 열받게 하면
다 엎어버릴 거야

"대한민국
회사 다 조xx
그래!!"
이러믄서

모가지를
다 비틀어버릴 거야

그런 얼굴로…
이번 생은 글렀어
이 선배야…

선배의 근속비결

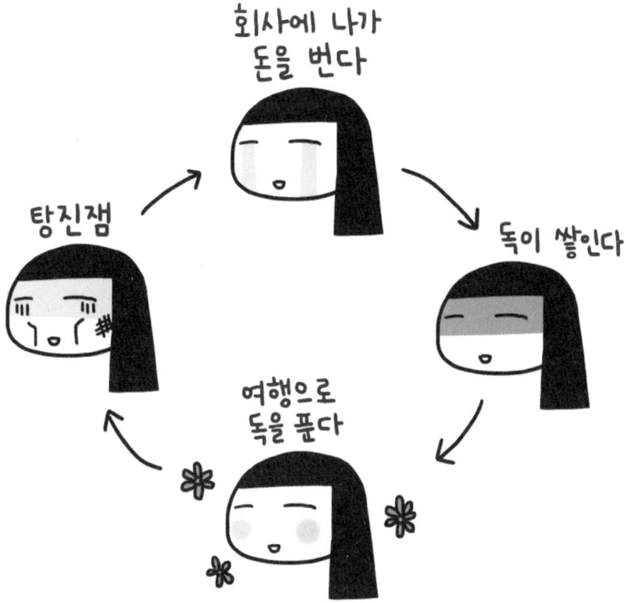

회사에 나가
돈을 번다
독이 쌓인다
여행으로
독을 푼다
탕진잼

엑셀의 신

어떻게 해야 선배님처럼 엑셀을 잘할 수 있을까요
으음
엑셀신 엑셀왕
함수척척 왕부럽
몇년 전의 나
칼퇴하겠다는 열망
그것이 지금의 나를 있게 했지
집에 빨리 가고 싶은데 뭔들 못하겠니
찌 잉

엑셀의 신이 빠트린 함정

선배가 전수한
"칼퇴의 열망"을 십분 활용하여
나의 엑셀 스킬은
비교적 빠르게 성장했다

집에 빨리
튀어 들어가
몸을 뉘어겠다는
일념 하나로 달렸다

허나 선배가
일러주지 않은 것이 있었으니

코ㅐ
앵

회사에선
노력하는 사람만
죽어난다는 것

선배
헬프미
손 되게
빠르다며
퇴근할 수
없지만
하고 싶은
그 욕망을
활용해서 해봐
시욋
비읍
업무가 배로 늘어 오히려 퇴근 지연

인정욕

저번에 정리해준 거 잘했어
이번에도 도와줄 수 있지?
네에
믿으니까
시키는 거야

그 노무

인정욕

인정받고 싶다는
욕구만 극복할 수 있다면
내 인생은 훨씬 더
행복해질 텐데

으...
이 미물아

난감한 상황

회사 사람이 머리 하고 왔는데
폭풍 망한 것 같을 때

두
둥

어떤 포지션을 취해야 할지 심히 고민된다

머리 했냐고 물어볼까
모른 척할까
예쁘다고 할까
가식이라 할 거 같은데
아 어쩌지

회사에선 종종 (혹은 자주)

와
최고 싫다

모진 소리를 해야 하는 상황이 생긴다

누군가의 아들이자 남편일 그에게

차마 모진 말을 못하겠던 나…

그 전달되지 못한 모진 소리는

너덜 너덜

누군가의 딸이자 부인에게
고스란히 돌아오고야 말았다

금단 현상

저 선배
상태 왜 저래?
커피 끊기로
했대나 봐

월급쟁이의 설움

저한테 왜 이러시는거죠?
그 말본새는 어디서 배워먹은 건가요?
집에 따님 있으시죠?
그 따님 소중하시죠?
저도 누군가의 소중한 딸내밉니다
말 함부로 하지 마십쇼

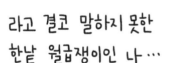

라고 결코 말하지 못한
한낱 월급쟁이인 나…

팀장 수당의 용도

오빠 팀장된거 축하해
팀장 수당도 나온담서?
부럽다
돈두
들어오구
전 회사
동기

응, 정확히 말하면
의료비 지원 수당
이라고나 할까
아하 …
밑지는 장사임
병원비가
수당보다
더 나와

갑(자기)분(위기)팀(장) 1

갑자기
팀장이 되었다
그림자처럼
살다가고 싶은
나에게
상의도
없이
팀장
신나게 부림만
당해서 그런지
팀장
일을 어떻게 내려줘야
하는지 모르겠다
→ 결국 혼자
야근함
팀장

나의 쓸모

회사에서 종종 겪는 이 개차반 된 느낌

온 우주에서 쓸모없는 사람이 된 듯한 이 기분

하지만
빨리 떨쳐내야 해

그 사람이 날 필요로 하지 않는다고
내 가치를 훼손할 것까진 없잖아

그래! 난 당신이 필요하기 위해
존재하는 게 아냐!
나도 당신이 필요치 않아!
그러니까 우린 쌤쌤이고
난 아무렇지 않다 이거야!
라고 말하는 것 자체가 굉장히 신경 쓰고 있는 것 같지만…

면접 공감

하나.

면접 보러 가는 길, 모든 사람에게 면접 보러 가는 걸 들킨 것 같은 이 기분

정작 신경 1도 안 쓰는 중

둘.

잘 알지도 못하는 사람의 마음에 들기 위해 쩔쩔 매는 내 모습이 비참하더라

같이 일하게 될 사람을 찾고 있으면서
왜 그렇게 잡아먹을 듯 구는 건가요

셋.

아 -
그 부분은
저희랑
잘 맞네요

분명 분위기 좋았는데
연락이 없고

왜
퇴사
했어요?

진심 날 못마땅해 했던
인간들 한테만 연락이 온다

상대방의 상대방

왜 우리는 평생 누군가의 상대방임에도

개발팀
영업팀
디자인팀

상대방을 이해하는 것이 이다지도 어려울까

갑(자기)분(위기)팀(장) 2

이번에 팀장이 된 사람들 …
② 골초 트러블메이커
① 소시오패스 St.
③ 아부대마왕

나는 어떤 연유로 팀장이 된것인가
일단 정상이면
안 시키는 것 같음
팀장

대기업 미팅 1

'갑'인 회사에 미팅하러 간날

왜 이 사람들은 우리 회사에
한 번도 안 올까

로비에서부터 왠지
위축되어 버렸다

이들은 나보다
치열하게 살았을 테지
집도 나보다
먼저 살 테고
그래도 최대한
커리어우먼인 척

대기업 미팅 2

미팅룸에 앉아 있는데
담당자가 오지 않는다

물이라도
달라

이 사람…
더 중요한 사람과의 약속도
이렇게 하찮게 여길까

아닐 테지
절대 아닐 테지

'앞으로는 누구를 만나든
최선을 다해서 임해야겠다'고
긴 긴 기다림 중 다짐해본다

시간
많은 김에
자아성찰중
나 따위도
사람 봐가면서
그런 적 많았지…

미팅 공감

미팅 때 가장 난감한 순간
업무 다이어리의 낙서 한가득 페이지를
떡하니 펼쳤을 때

10초 전에
커리어우먼인 척
명함 주고 받은 인간
?

회사가 나를 힘들게 할 때
과거의 나를 떠올리는 것도 도움이 된다

제발 제발 제발
회사 다니게 해주세요
취업 뽀개기
세상 간절
→ 그때 흘린 눈물이 계곡 한 굽이

퇴사철

3월,
사람들이 하나둘씩
회사를 떠난다

안녕히들 계셔요
전 행복할 거예요
잘 있어요~
제발~

하나같이
세상 착했던 사람들 …

네, 잘 가요
모두 꽃길만 걸어요

왜 자꾸
착한 사람들만
떠나는 걸까

곧.. 아무 일
없었다는 듯
저 자리가
채워지겠지

사무실로 올라가는 엘리베이터 앞
여기까지 온 것이 아깝지만 퇴근하고 싶다

2

오늘 일은

맛있는 거 먹고 다 잊자

모순 덩어리 1

책 읽다 눈 아프면 바로 덮으면서
소중한
마이 아이즈
지켜줘야 해
아오
눈 시려

스마트폰은 눈이 뽑힐 것 같아도 참는다
인내심
끝판왕

모순 덩어리 2

평일엔 시간이 없어서
햇볕도 못 쬔다 불평하더니

콧바람 한 번만
쏘이면 원이
없겠다
이게 사는 거냐
증말~

막상 주말엔 방바닥에서
단 한 발자국도 움직일 생각을 않는다

이 맛에
사는 거지
증말~

모순 덩어리 3

배가 고파서
아무것도 못하겠어
서 잔뜩 먹었더니

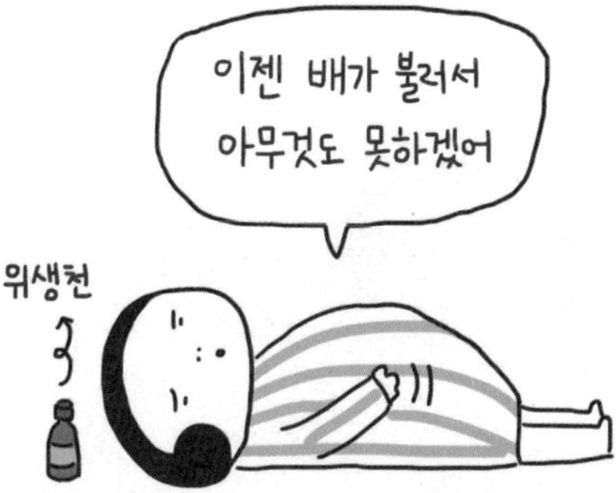
이젠 배가 불러서
아무것도 못하겠어
위생천

이 인간의 핑계는 과연 어디까지란 말인가!

모순 덩어리 4

나도 돈 많이
벌고 싶다
서민갑부 시청中

라고 생각하는 데 시간을 쓰느라
생산적인 일을 못하는 아이러니한 인간

망각은 축복

기억이 지워진다는 것이
속상하고 아쉬울 때가 있었다

어렸을 때 엄마 아빠랑
놀러갔던 것들. 유치원 때 절친 이름
이런 거 다 잊기 싫었는데

그런데 살면서 상처를 주고받는 일이
켜켜이 쌓이다 보니

인간의 망각은 오히려
축복 쪽에 가깝지 않나 싶다

내가 준 상처를 상대가 죽을 때까지 기억하는 것
잊고 싶은 기억 더미에 잠식 당하는 삶
와 이것만큼 끔찍한 일이 있을까

쇼핑 불변의 법칙

삼만냥
사만냥
멈칫

처음 들어간 집에서 사면
꼭 더 괜찮은 걸 발견하게 되고

이거만 한 게
없죠?
아저씨
저 다시
왔어요…
왕피곤

이것저것 재며 끝까지 돌아다니면
결국 첫집만 한 물건이 없더라

앞뒤 구분하자

스타킹을 십수 년을 신었건만

(빤쮸바람 죄송)

왜 앞뒤 구분이 안 되는가

엉덩이 쪽
뒤꿈치 쪽

말의 효과

싫어하는 사람이 생겨버렸다

그 사람이 싫다고 입으로 내뱉었더니
걷잡을 수 없이 더 싫어져버렸다

걱정을 대하는 태도

기본적으로 걱정하는 태도는 나쁘다

A건 엎어지면 이번 달 실적은 어쩌지
B건은 대금 지급됐나 모르겠네
C건은 일정 맞출 수 있나
아 왜 수요일일까
아 왜 금요일이 아닐까

그러나 타인의 걱정을
깃털처럼 여기는 태도는 더 나쁘다

아… 걱정이 많은 내 자신이 또 걱정이 된다 …
뭐 그런걸 걱정해~ 99%는 일어나지도 않을 일이래
↓
악의가 없어서 더 상처가 됨

가시가 되어

내가 되는 대로 뱉었던
가시 돋힌 말들이

상대방에게
이루 말할 수 없는
생채기를 내고

남은 가시들은 내 속에 들어와
나를 콕콕 찌른다

내가 한 말이

이제는 주워 담을 수도 없는 말들…
난 왜 매번 후회할 짓만 하는 걸까

나에게도 상처가 된다

제대로 짖어줘

야, 너는 싫은 사람
있음 어떻게 하냐?
1. 대적한다
2. 자멸할 때까지
기다린다
마미가
갖다주래
어묵
감사
감사

개가 뭔지
보여 준다
응응
또진지

잘못하다 물리면
광견병 걸린다는걸
보여준다 !!
응응
또진지

딱 물어뜯으면서
너 못지않은
미친x이 하늘 아래
또 존재한다는 것을
어쩌고 저쩌고 ~
그래 그래
알아 먹었어
어묵

어른이 되었다고 느끼는 순간들

더 먹고 싶은데
안 들어갈 때

그만 먹고 싶은 게
부러워욤욤챱챱
나…
GG칠게
거억
와…
진짜 하수시네요?
(20대 중반)
(20대 초반)

보지 않고도
브래지어를 채울 때

토실

엄마가
여자로 보일 때

찡-

이상과 현실

심플라이프에 관한
책을 읽으며

소박의 즐거움
비싸더라도 좋은것으로
먹는 것도 시가 된다

2+1이라는 이유로 산
취향도 아닌 빵을 우걱우걱

와—
맛없다

이상과 현실의 갭을
보여주는 좋은 예

병가자의 하루

집순이의 외출 준비

외출 준비하는 건
너무 너무 귀찮아

꽃단장 다 하고
집에서 기다리는 시간은
미칠 듯이 지루해

나는 아무 생각이 없다
왜냐하면 아무 생각이
없기 때문이다
나름 준비완료

이거 너무 길어지면
나가기 싫어져 버리는데 말이여

약속 취소하면 맞아 죽겠지?

시간의 상대성

인생의 팔할을

나는야
가마니~
늘어져 있거나
스마트폰 보는 데에
쓰는 주제에

유독 신호등 기다리는 시간은 그렇게 아까워 하더라

이런 때만
시간이 금인 인간
종종
초조

피부노화 현타 현장

이상한 자세로 잤더니

이런 C

볼에 베개 자국 났다

!
안티에이징 크림
구매 중
다급

근데 그게 점심 때까지 안 없어짐

5시간 동안 피부세포가
꿈쩍도 안 했다는 거 아냐
믿어져?
울지 마
주름 생겨…

커피보다 쓴 인생

고구마라떼
딸기주스
아이스초코
커피는 써서
입에도 못 대던 시절
아메리카노만 마시는
언니들을 동경했던 나
그녀들의 인생이 그만큼
쓰다는 건 꿈에도 몰랐던 바보
와.. 내일
회사 가기
최고 싫다
카페인 없인
도저히 버틸 수 없는
몸뚱이가 되어버렸어

종종 이런 생각을 한다

예쁜 사람들의 삶은 어떨까 하고

진정한 친구

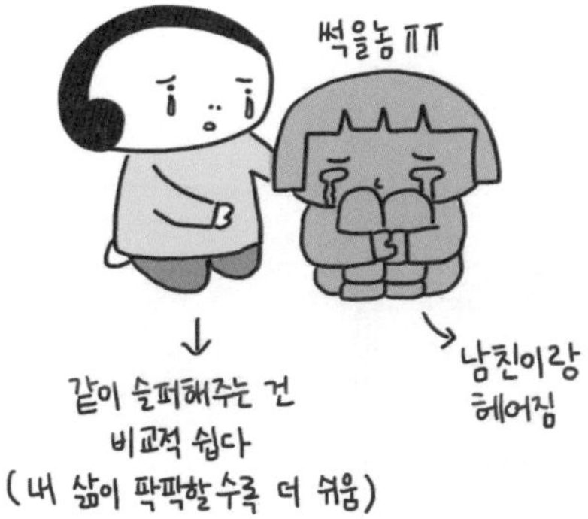
썩을놈ㅠㅠ
같이 슬퍼해주는 건
비교적 쉽다
(내 삶이 팍팍할수록 더 쉬움)
남친이랑
헤어짐

슬플 때
위로해주는 사람보다

고액연봉
집안 유복
호감형외모
다정하고
성실하다
물개박수 중이지만
어쩐지 숙연함
그 남친이랑
다시 만나 결혼

기쁠 때 진심으로
기뻐해주는 사람이
진정한
친구일지도 모른다

피로연 뷔페

나에게 그런 친구는 몇 명이고
난 몇 명에게 그런 친구일까

가능성은 열려 있어. 누구에게나
이 말은 위로일까
저주일까

SNS 효과

시시껄렁한 일상을

꽤 괜찮은 삶인냥 통째로 보정해준다

먹방 →

명절을 앞둔 우리들의 자세

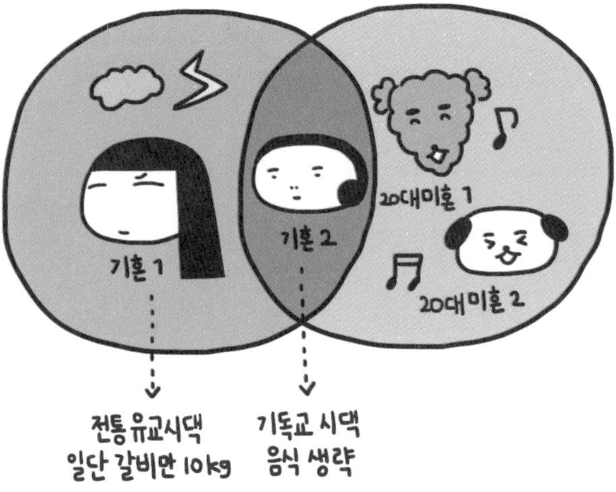
기혼 1
기혼 2
20대미혼 1
20대미혼 2
전통 유교시댁
일단 갈비만 10kg
기독교 시댁
음식 생략

요즘 내가 살찌는 이유

짠 거 먹으면

역시 쌀밥엔
스팸 다섯 조각!
먹으면서
먹는 방송 보기

단 게 땡기고

투게
배는 부른데
입은 고픈 기현상

단 거 먹으면

역시 아이스크림은
밥숟가락이 제격
냠-

짠 게 땡겨서

입이
달아서
찝찔한 걸로
중화시키고 싶다
새우깡

식사 의식

뭐 먹냐 ×100
퇴근 할 땐 아침보다
약 7년 늙어 있다
퇴근 지옥 버티기용

퇴근할 때 못 견디게
배고픈 때가 있다

급해서 한 접시에
다 담아버림
=3

그런 날엔 씻지도 않고
밥을 차려
TV 앞으로 달려간다
(나의 밥 메이트)

젠장 ×100
밥상 다 차려놓고
못 먹는 이 관습

그런데 이 바쁜 와중에도
꼭 하는 의식이 있는데

그건 바로, **리모컨** 찾기!

찾았다!
요놈!

리모컨을 꼭 옆에 두어야,

최적의 TV 채널도 필수

안심이 된다!

냠냠 냐마야
와하하하
하하하 챱챱

타인의 불행

누구네 시엄마 성질 장난 아니래 집착도 올가미급
왜 표정들은 신나 보이냐
헐 진짜?
아무개는 남편이 돈도 없는데 바람까지 폈대

요즘 대화 주제의 팔할은 타인의 불행

아오
기빨려
휴우

남의 불행을 끊임없이 이야기하면서

?
동조했던 나
너무 싫다

우리의 행복을 확인이라도 하려는걸까

비싼 소박함

소박함 & 정갈함

일본 유명 잡화점의
아이덴티티

여보. 유기농 밀로
직접 구운 빵이에요
원목쟁반

여기만 오면
소탈한 삶에 대한
열망이 끓어오른다

아름다워~
실리콘 알뜰주걱

그런데 결정적으로
가격이 안 소박하다

돈 없으면
가라
→돌됨
칫솔꽂이용 사기
5천원대

정화는 이렇게

마음속에 나쁜 것들이
잔뜩 들어왔을 땐

찌꺼기를 빼내려고
그것들에 집중하기 보다

깨끗한 물을 계속 넘치도록 붓는 것이
불순물 제거에 더 빠르고 효과적이다

좋은책
밝은노래
좋은사람

바다를 보면
가슴이 확 트일까

싶었지만
놀랄 만큼 아무 일도
일어나지 않았다

목욕탕에서

어차피 께벗을 테지만
욕탕 밖에선 왠지 쑥쓰럽다

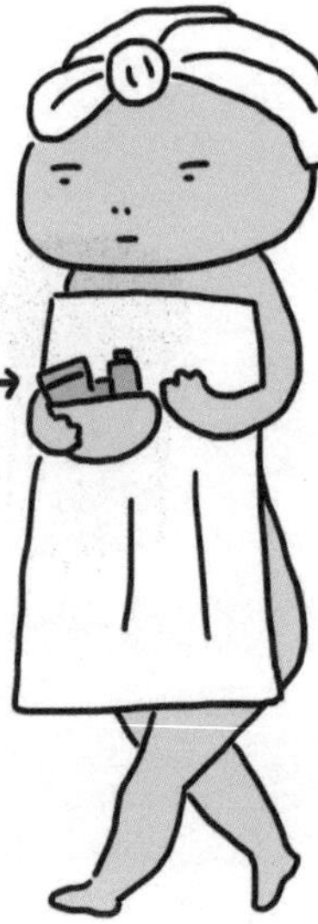
C컵이었다면
사정이 달라졌을까

20대부터
노화가
시작된다고 함
이런C

노화의 속도는 그대로인 채로

와나
할매로
반 백년을
더 살아야
한다

수명만 130세로 늘려놓은 일

미용실이 불편한 이유

나는 기본적으로
미용실을 좋아하지 않는다
왜냐면…
내 딸아 제발 거지꼴은 좀 면해라
숱이 너무 없어서 예쁘게 나오기 힘든 거 알아요 머리 뿌리는 적지 않은데 머리가 워낙 얇다고들 하시더라고요
그렇게 심각 수준은 아니세요
위로 고마워요
① 내 머리카락에 대한 변호와 해명이 지겹다
늘 지적 당하는 부분이라 요즘은 먼저 커밍아웃한다
아하~ 이건 고데기세요, 언니
② 심사숙고하여 수줍게 사진을 내밀면

③ 늘… 얼마가 나올지 모르겠다

세팅펌은 70,000원~
이었는데 "~"의 범위는
어디까지란 말인가
진즉 물어봤어야 했는데
오늘도 용기를 내지 못했다
이제 얼마가 나오든
받아들여야 함

④ 이 모든 걸 견딘 것 치고 결과가 너무 복불복

와…
추노인 줄
얼굴이 문젠가

NO 관심 YES 자유

나이를 먹어 가장 좋은 점은
예전보다 타인을 덜 의식하게 됐다는 것

혼자
돈까스 먹기도
클리어
누군가
치즈돈까스를
시켜 나눠 먹지
못하는 건 아쉽지만

코 옆에 뾰루지가 나든

나는야
커리어우먼
떳떳하게
출근한다

발에 깁스를 하든 창피하지 않다

남들은 내가 생각하는 것보다 훨씬 더
나에게 관심이 없다는 사실을 깨달은 지금

이 진리를 중학생 때
알았으면 참 좋았을걸
그럼 앞머리 하나 잘못
잘랐다고 학교 가기 전날
질질 짜지
않았을텐데

나의 삶은 어느 때보다 자유롭다

빵이 약이다

우우-

아프니까

우렁각시

빵이 생겼다

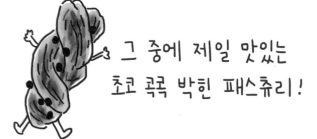

그 중에 제일 맛있는
초코 콕콕 박힌 패스츄리!

민망할
지경-
얼씨구
커피까지

먹으니까 거짓말처럼 나아버렸다

결과보다 과정이다

무언가를
이루는 데
집착하지
말자
치열하게
살아내는
그 과정 속에
삶의 의미가
있는거라고

※ 뭘 못 이룰 것 같아서 하는 소린 아님

진심의 정의

타인을 덜 의식하기 시작하면서

"진심은 통한다"

라는 내 오랜 슬로건도 변하였다

통한다는
전제 때문에
안 통하면 그렇게
서러울 수가 없었지

관계의 키를
상대가 쥐고 있는
느낌이랄까

그리하여 나의 새로운 슬로건은

"통하든 말든 진심으로 대한다"

말장난 같지만
이 미묘한 각도의
변화가 얼마나
큰 것이었는지…

내 자신이 행동의
주체가 된 이후로
난 전전긍긍하는
일이 줄었다!

주말의 속도

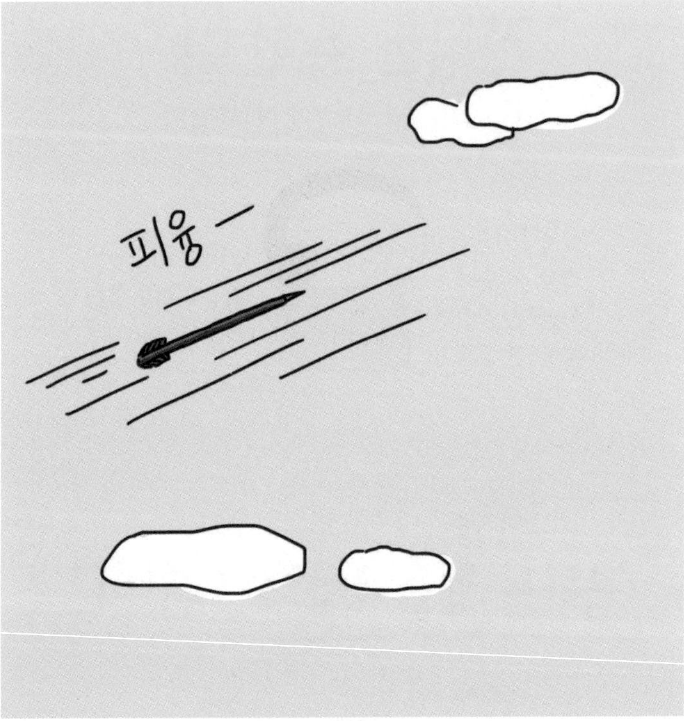
피융—

방금 뭐가
지나간고야?
응, 주말

시간과 돈을 아끼려고
인스턴트로 점심을 때웠다

비싼 점심은
금요일만!

그 결과

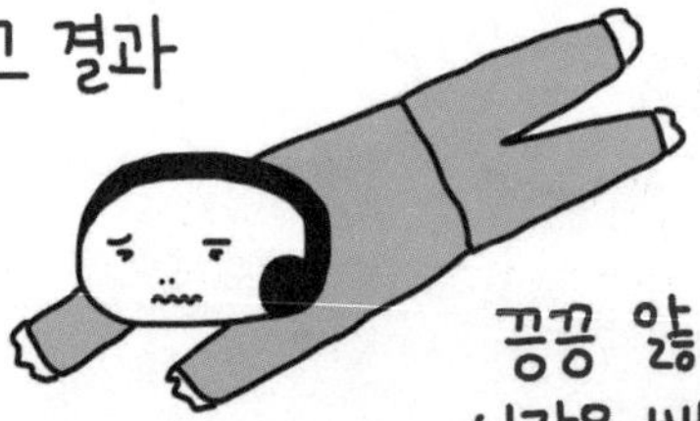

끙끙 앓느라
시간을 배로 보내고

병원비와 약값으로
명품백 하나 값을
탕진했다

따지고 보면
다 먹고살자고
행복하자고
돈도 버는 건데

나는 무엇이 그렇게 중해서
내 자신을 그렇게 하대했던 걸까

바로 지금

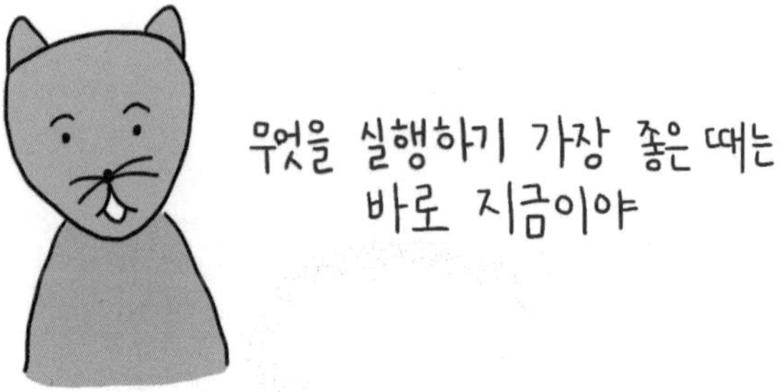

무엇을 실행하기 가장 좋은 때는
바로 지금이야

어쩌면
더 안 좋은 쪽으로
나중에는 사정이 좀
나아지겠거니 하며 미루지만
상황은 항상 변하고

열정은 사그라지고
현실과 타협한 나만 남아있지
중요한 건
나 자신도 변해버려

체중관리 때문에
맹맹해도 저지방우유를 마시는 나

근데 이러면 무슨 소용이니 ?

그냥우유

좋은 소리가 나는 사이

기타줄이 느슨해져서 서로 엉키면

팅
띡

좋은 소리가 나지 않아

그럴 땐 이렇게 조율을 해서

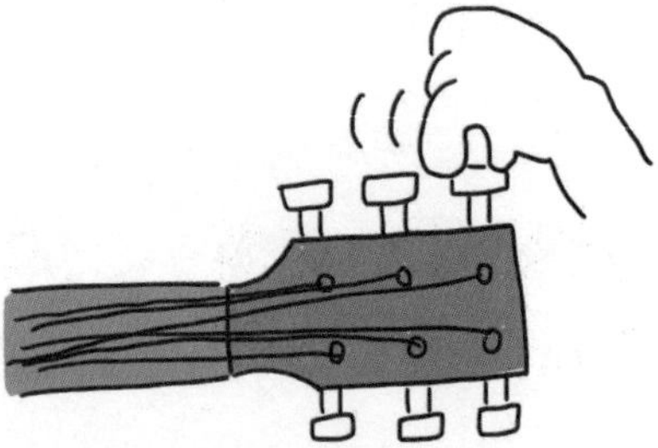

다시 긴장감을 줘야 해

서로서로 일정한 간격을 유지해야

허허허!
딩가딩가딩이다

좋은 소리가 나는 법

그러고 보니 남편이랑도
좀 떨어져 있어야 할 타이밍인가

암, 인간관계도 적당한 거리는 필요하지
가까운 사이일수록 더더욱 …

설렁설렁 살고 싶다

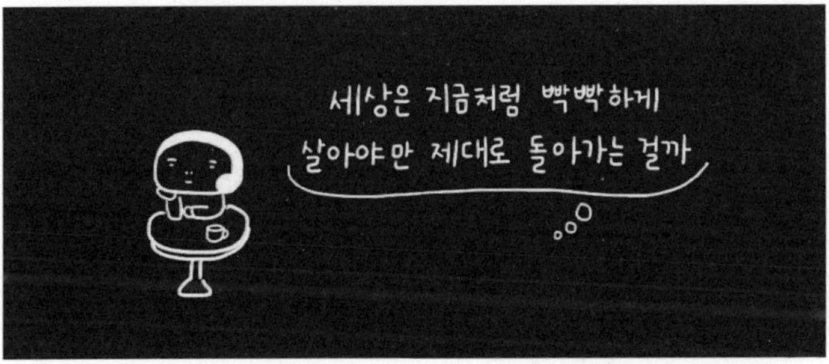
세상은 지금처럼 빡빡하게
살아야만 제대로 돌아가는 걸까

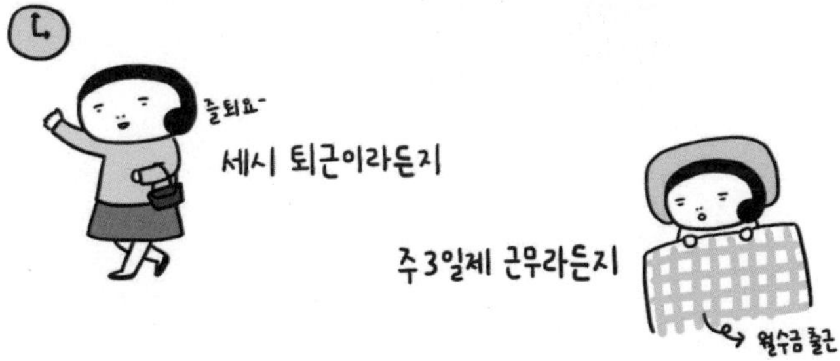
칼퇴요-
세시 퇴근이라든지
주3일제 근무라든지
월수금 출근

그냥 모두가 평화롭게
설렁설렁 살면 안 되는 걸까

조언과 간섭의 차이

• 조언 : 도움이 되도록 말로 거들거나 깨우쳐 줌
• 간섭 : 관계없는 남의 일에 부당하게 참견함
조언이냐, 간섭이냐는
말하는 이가 아닌 듣는 이가
규정할 수 있는 것 아닐는지…

단발병 치유기

추노냐
...

호환마마보다 무섭다는
단발병이 도짐!!!

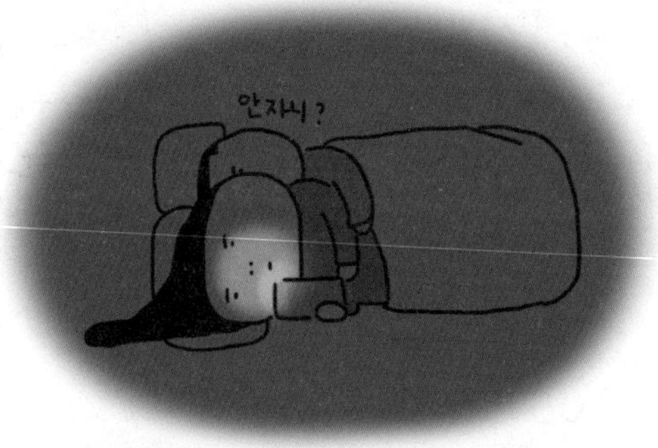
안자니?

여자 단발머리, 단발 스타일, 아이유 단발 등
이미지 백만 개 수집 후
후배한테 컨펌 받으러 갔는데

후회할 걸요?
왜 안 말렸냐고 멱살 잡을 거면서
그리고 저건 아이유 얼굴이 달려 있잖아요
어차피 몇 살 더 먹음 긴 머리도 힘들어요
게다가 머리도 잘 안 감는데 똥머리도 못하면 어쩌려고요
아, 또 시작이네
이거 어떰?
너무 잘 말려줘서 서운할 지경

그녀의 촌철살인에 역병이 단번에 치유됨

내 집 마련

선배, 우리 이렇게 살아서 집 한 칸이라도 살 수 있을까요?
3분이 왜 이리 길디야

(월급 전주 보릿고개에 점심 값 아끼는 둘)

가능하지 않을까?

너의 연봉이 2천만 원이라는 가정하에

2,000만 × 20년 = 4억 원

연봉 상승분을 감안하면

20년에 5억을 모을 수 있어

$
$
$

단. 걸어서 출퇴근 해야해
냥미야 어여와~
네! 선배!
소금 주먹밥 싸가지고 다니면서
봇짐
봇짐

근데 선배, 왠지 20년후엔 집값이 50억이 되어 있을 것 같아요 그땐 우리 어쩌죠?
우 울
아.. 그르네

마스크란 물건

마스크란 물건은
참으로 거추장스럽기 그지 없다

화장품
자극 잔뜩

눈을 위협함

성인용을 사면 얼굴을 집어 삼키고

약국 약사님도
만류하신 사이즈

아동용을 쓰면 얼굴이 옥죈다

콧대가 없어 코부분이 들뜸 →

사이즈가 맞으면 콧대에 철심이 들어 있다

피부 복원력이 떨어져 오래감 →

게다가 벗으면 광대뼈에 주름이…

헬요일

일요일에 겨우 마음을 노골노골하게 풀어놨는데

회사 책상에 앉자마자

스트레스

미묘한 스트레스가 천천히 수혈되는 느낌

지옥철

신도림

출근길 지하철

사람이란 생물에 치가 떨리다

결핍의 소중함

오예
완전 신세계!

인터넷 음원 사이트로 인해
나는 인생 최대 문화적 풍년기를 맞이했지

하지만 풍요기 십여 년
심각한 부작용을 겪고 있는 나

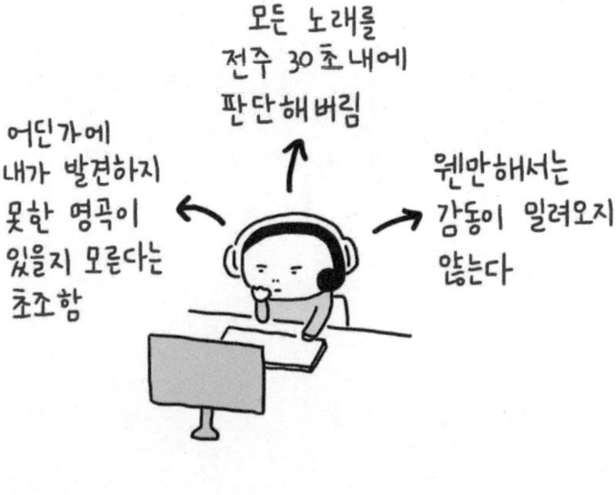
모든 노래를
전주 30초 내에
판단해버림
어딘가에
내가 발견하지
못한 명곡이
있을지 모른다는
초조함
웬만해서는
감동이 밀려오지
않는다

(약 15년 전)

이거 수입 CD 샵에서
완전 힘들게
구한 고야
짱 좋지-
이런 거 잘 구하는
친구들이 꼭 있다
oo!
베이스
쥑인다
CDP
12곡 무한반복

가끔은 결핍에서 오는 소중함이 그립다

여행의 묘미 1

여행은

가고 싶다

라는 열망까지가 가장 좋은 법

여행의 묘미 2

여행의 묘미는

와아
집이다
새삼 집이 짱 좋아진다는 것

발샷 원샷 봄날 굿바이

모두들 고개 아픈 줄도 모르고
봄꽃 사진을 찍고 있는
모습을 보니
괜시리
내 맘이 찡해진다

다들 손에 잡히지 않는 이 찬란한 봄날을
붙잡아 두고 싶은 마음이겠죠

왠지 오르게
꼭 찍는 발샷

가을맞이

20대

가을은 = 낭만의 계절

천고마비의
계절이라네
한강 가서
맥주따기 딱!
배 깔고
책 읽기 딱!
왕 좋은
신선한 날씨

좋은 거 투성이 기분 째짐

30대

가을이다 = 환절기다

안구 가뭄증
각질 실화냐
비염 어신 가동
여전한 것은
식욕뿐
하루 11시간
사원증과 함께
뼈도
살짝 시림

3

계속 이렇게

살 수는 없다고 생각한다

부모님 얼굴 떠오르는 퇴근길

나도 어느덧
9년차
직딩이네
퇴근길 녹록지 않았던
하루를 돌이키며
문득 든 생각

나의 평범한 인생 뒤에는

맞벌이만 30년째

누군가의 비범한 노력이 있었다는 사실

존재감 없는 존재

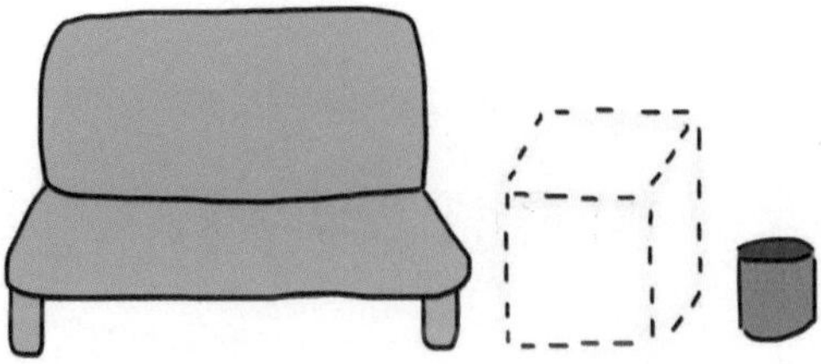

회사 탕비실에 무언가
있었다가 빠져나간 자리,
무엇이었는지 도통
기억이 나지 않는다

늘 한결같이 성실하게

존재감 없이 존재했었구나

왠지 생각나지 않는 물건이
꼭 내 처지인 것만 같아
잠시 울적해졌다

'적당히'의 무게

그래, 내가 너무 오버한 거야

괜히 사람들
미워하지 말자

너무 열심히 하려고 하지 말자

업무도 너무 빨리 쳐내려고 욕심부리지 말자
스킬도 천천히 익히면 되는 거야
잘하는 사람도 너무 부러워 말고

아.. 이런 한심한 결심들

기껏 내린
결론이란 게
적당히라니
못났다
못났어

너무 꼴사납다

난 후회하지 않아 정말

가장 좋아하는 일은
직업으로 삼지 않는 편이 좋아

취뽀

돈이 개입되는 순간
그 일이 괴로워질 수 있거든
그러니까 좋아하는 일은
소중한 취미로만 간직하는 게 나아

취뽀

근데 그 눈물은 뭐여
취뽀

누나
갑자기
왜 그래

끝까지 도전조차 해보지 않은
어느 직장인의 궤변

나의 우주

지금 나에게 필요한 것은

더럽고 치사한 세상을 티끌로 만들고

나의 우주를 더 크게 만드는 것

가을을 가장 좋아하는 나
그중에서도 오늘 날씨는
눈물나게 좋았다

아픈데 날이 좋으니까
마음이 찢어지네
이 눈물나게 좋은 날씨가
누군가에게는 절망일 수 있었겠구나

날씨가 나빠서 슬픈 것보다
비교도 안 되게 슬픈 거네, 이거

지구야 미안해

아무리
내 꺼라도
생긴 게
싫다

나란
녀석
지우개냐

온갖 시름
잊게 하는
발톱 정리

인간은 깨끗해 보이기 위해

오늘
산뜻하네?
오빠가 잡은
그 손에서
때 겁나 나왔어

뒤에선 온갖 더러운 짓을 다 하는구나

'된 일'과 '안 된 일'

어릴 적 나는

난 안 될거야

라는 말을 달고 살았다

난 안 될거야

라는 밑밥은

난
안 될거야

혹여나 일이 잘 안 되었을 때
날 지켜줄 수 있는
가장 징글징글하고 튼튼한
방패가 되어주었기 때문에…

그런데 살면서
데이터를 쌓다 보니
된 일이 생각보다
꽤 많다는 걸
발견했다

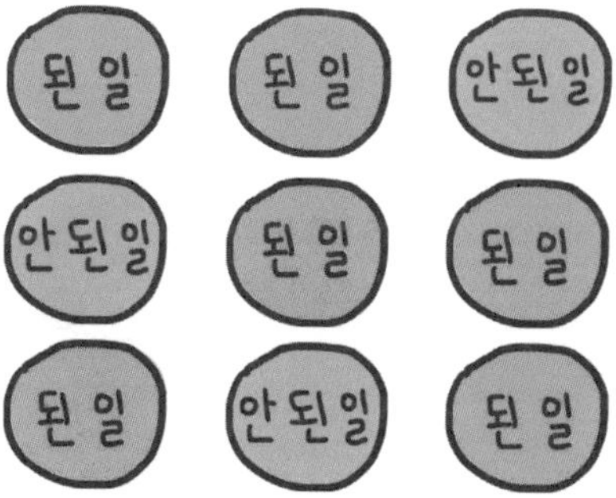
된 일
된 일
안 된 일
안 된 일
된 일
된 일
된 일
안 된 일
된 일

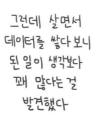

게다가 안 된 일도
세월이 흐른 후 보니
그렇게 된 것이
다행인 경우도 있더라

그 회사에 합격했으면 지금 우리 남편을 못 만났을 수도 있겠지
난 안 될 거야

그리하여 서른 즈음의
나는 예전에 비해
일의 결과를 두려워하지
않게 되었다

되든 안 되든 그 나름대로 의미있는 인생이 될 것이다
뻥
난 안 될 거야

이상스럽게 좋은 냄새

킁킁킁
컹컹컹
아 꼬숩다
꼬순내 좋아

강아지 발바닥 냄새

따스하고
구수해
폴폴
요즘 동네 목욕탕이
사라지면서
그 수가 현저히
줄어듦에 서운함

목욕탕 앞 수증기 냄새

잃을 것이 없다

사실 나는 늙어가는 것이
크게 슬프지 않다

물망초처럼
참 예쁘네
사랑
많이 받고
살겠다

난 내면을
가꾸면
되는 거야

물망초처럼 예뻤던 시절이 없었기에
그에 따르는 혜택(?)도 없었던 나

잃을 것이 적어 슬플 일도 적은
이것은 가지지 못한 자의 혜택

무모해질 만큼의 간절함이

내게는 없었다

때때로 드는 생각

나는 죽고 싶은 것이 아니라

이렇게 살고 싶지 않은 게 아닐까

모든 사람에게 좋은 사람이 되고픈 강박에
또 비겁하게 굴어버렸다

진짜 짜증나지 않냐!
ㅇㅇ.. 그러게..
나는 왜 이 말에 동조하고 있는 게냐

소싯적엔 나의 이 비겁한 태도가
상대를 배려하는 마음에서 비롯된다고 착각하기도 했었죠

허나 30대의 나는 이제 안다
좋은 사람 콤플렉스는 날 미워하는 사람이
나에게 혹여 피해를 주지 않을까 두려워하는
자기방어에서 비롯된다는 것을

비겁에서
비굴로 발전하진
말아야 할진데…

건강한 체념

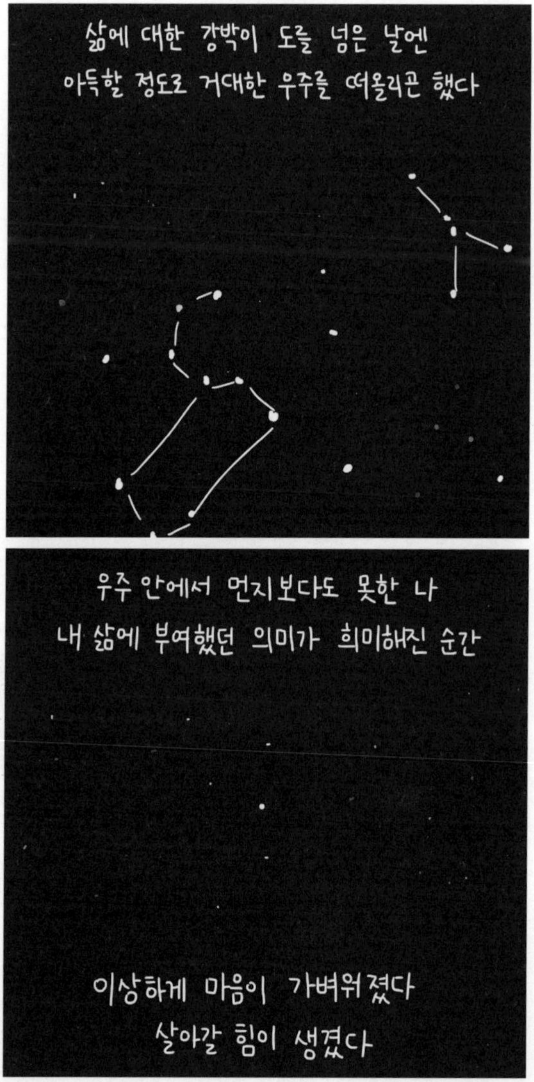
삶에 대한 강박이 도를 넘은 날엔
아득할 정도로 거대한 우주를 떠올리곤 했다
우주 안에서 먼지보다도 못한 나
내 삶에 부여했던 의미가 희미해진 순간
이상하게 마음이 가벼워졌다
살아갈 힘이 생겼다

이것은 삶을 경시하는 것이 아니라

본래 아무것도 아니라면
아무래도 좋은 것 아닌가
가끔 좋은 일이 있다면 더할 나위 없고

라는 식의 건강한 체념 같은 것이었다

여행사에 다니면서 깨달은 것

하나.

PC로
세계일주
세상은 넓고
내 생각보다
시간이랑 돈 많은
사람들은 넘쳐난다

그리고,
그 많은 사람들 속에 나는 없다는 것

둘.

성수기엔
고객님들 여행
보내드려야지요
매출과 함께
클레임도 왕많음
휴가는 늘 비수기에-
장점: 한산하다
단점: 같이 갈
사람이 없다

아이러니하게도 여행 가기가 힘들다

오늘 + 오늘 = 미래

진정한 삶은 다른 곳에 있을지도 모른다는 생각이

뜬구름

나의 현재를 끊임없이 갉아먹는다

오늘과 오늘과 오늘이 쌓여 미래가 되는 것

도 닦는 중

그러니 현재를 무시하는
미래의 계획에는 그만 집착하자

세상에 없는 가방

빈티지한 가죽재질에
책을 넣고 다녀도
부담되지 않는 가벼움
아무 옷에나 어울리는
클래식한 디자인에
오래 멜수록 빛이 나는
저렴한 가방을 사고 싶다
↳ 이런 것은 세상에 없음

현재의 나를 살아가게 하는 한마디

♪ 가슴에
몸부림치는
추억도
가슴에 몸부림
치는 미련도

지나간 일에 만약이란 없다

차카게 살자
더 상냥하고
따뜻하게 !

'사람은 노력하면 바뀔 수 있다' 고 믿지만

왜 그 노력을
나 혼자만 해야 하는가!!
차카
게 살자

'호이'가 계속 되니까
둘리인 줄 아냐!
가만히 있으니까
가마니로 보이냐
이게 다
호르몬 때문이다
(?)

괜히 이런 생각이 치받는 밤이었다

듣고 싶은 말은 정해져 있었다

난 후져
난 정말 최악이야

어렸을 때 나는 내 자신을
평가절하 하기 일쑤였다

그렇지 않아
잘하고 있어

그럼 모두들
이렇게 말해주었다

정말?

지금 와서 생각해보니
난 자존감이 낮은 인간이 아니라
그런 사람이 아니라는 걸 거듭 확인받는
교만 덩어리였던 것이다

와씨 나란 인간

내가 그 사람을 싫어하는 이유가
그의 비겁함 때문이 아니라

체내에
쌓인 독은
일기장에
쏟아 붓자
거의 해우소 수준

그 비겁함으로 얻은 특권을 질투하기
때문이라는 사실이 소름 끼치게 싫다

와씨
나란 인간
비겁한 것보다
더 최악인데?
내팽개침

오래된 나무

어째 나이 먹을수록 오래된 나무의 질감이 좋아진다

짙은 고동색에
손때가 반들반들 탄

아마 나도 늙어가는 처지이니
세월이 흐를수록 멋있어지는 것들에
관심이 가나 보다

이런 건
얼마나 하려나

내가 좋아하는 카페가 망하는 이유

한적한 공간을 좋아하는 나
아으 쾌적해~

Cafe -
세구함
와..
또 망했다
그래서
내 단골집들은
줄창 사라진다

자본주의의 맛

1박에 60만 원이나 하는
호텔에 묵게 되었다
(※회사 찬스)

=3

무료로 제공되는
먹을거리는

생수
생수
생수
생수

물 네 병

캡슐 커피와
각종 차

웰컴과일 뿐

잘못해서 냉장고에 있는
초코바를 까먹기라도
하는 날엔
6천 원이 날아가는

마트가면
1천 원에도
살 수 있는데

편의점 가서
사온 초코바
30층 통유리
오션뷰
이곳에선 왠지
자본주의의 피비린내가 난다

초 깔끔한 호텔 어메니티
면봉 하나도
상자에 들어가 있음

그리고 욕실은
너무 쾌적하다!
너무 완벽하다!
집에 이대로 들고 가고 싶다
TV

기분 캡
어지럽혀도 정리 되어 있는 화장대
내가 빨지 않아도 되는 大 수건
뽀송
뽀송
마른 바닥이 존재하는 넓은 욕실

돈이 많으면
끈적이지 않는 삶을 살 수 있는 거구나

그런 생각이 드니 갑자기 돈이 미웠다
돈으로 누릴 수 있는 것들이 너무 좋아서
돈이 미웠다
이게 다 뭐라고

베프와의 대화

1.
나이 먹어서 그런가 새로운 사람을 만나는 게 힘들어졌어
정확히 말하면 새로운 사람한테 시간과 정성을 들이는 게 귀찮은 거겠지
그리고 너 나이 먹기 전에도 그랬어

2.
사람들이 나보고 착하게 생겼대 실상은 쓰레긴데 ㅋㅋㅋㅋㅋ
눈 처졌다는걸 돌려 말한 거 같은데?
그리고 그거 칭찬 아니다 너

출구 없는 허영심

밖에서 책을 들고 다닐 땐
왠지 있어 보이는 책의 표지를 앞으로 두는 나

그 누구도
관심 없지만
지금 자신의
모양새가
꽤 흡족한 듯
사피엔스
뒤에 있는 책은
「그는 당신에게
반하지 않았다」

지적 허영도 엄연한 허영심이다

다 반하지 않은 거래
깔깔깔
그.당.반

맥주가 있는 밤

허무하도다
인생사여

맥주를 양껏 마시면

저 깊은 곳 잊고 있던 슬픔들이
수면 위로 올라온다

이제는 보고 싶어도
절대 볼 수 없는 사람들

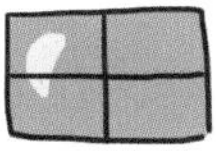

훌쩍 컹컹

나이 먹을수록
그런 사람들이 늘어가겠지

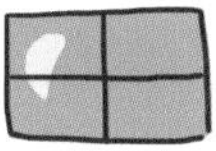

비비작

절대로 생각하지 말기

살아가는 데 가장 중요한 것은
돌이킬 수 있는 일과 돌이킬 수 없는 일을 판단하는 것
그리고 돌이킬 수 없다고 판단된 일은 절대로 생각하지 않는거야
그래야 나을 수 있어

나는 돌이킬 수 없는 일에 집착하느라

그나마 돌이킬 수 있는 것들도
돌이킬 수 없는 일로 만들며 살았군요

혼자 카페에 왔을 땐
큼지막한 테이블에 앉는 것이 좋다

타인과 엄청나게
밀착되어 있으면서도
프라이빗한 이 느낌!

옛날의 나를 기억해보자

아무것도 나아지지 않고
나 혼자만 도태되는 것 같아 좌절될 땐

서른
넘어서까지
찌질하기냐

옛날의 나를 기억해보자

얼씨구
10년 전 일기장

이 얼마나 사람 되었는가 !!!!

과거의 나
불사를까

이것이 바로 예민美

꾸에
에엑

나는 좀 예민한 아기로 태어났고

잰 참 예민하다
민감한 편이네
왜 저렇게 예민할까
동생은 순한데
안 예민한 사람도
예민하게 만들 만한 말들

자라면서 한층 더 예민해졌다

나는 왜 예민할까
왜왜왜
우리집에서 나만
예민하게
태어났을까
예민한 사람이
절대 하면
안 되는 짓
그리고 이 예민의 근원을 찾아 헤매며
점점 더 예민의 소용돌이로 빨려 들어갔다

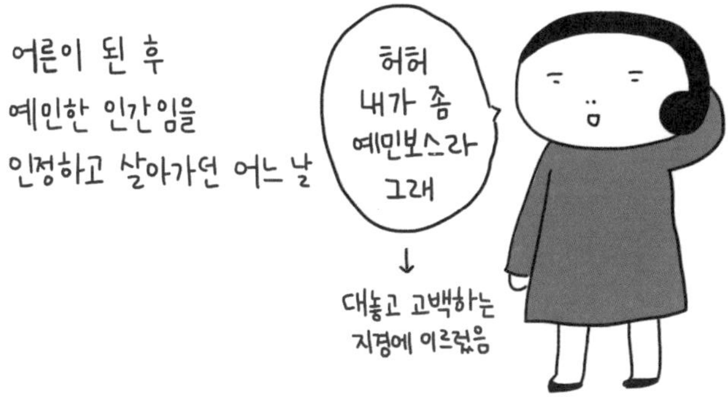
어른이 된 후
예민한 인간임을
인정하고 살아가던 어느 날
허허
내가 좀
예민보스라
그래
대놓고 고백하는
지경에 이르렀음

문득 "예민하다"의
사전적 의미를
찾아보았는데
생각보다
엄청 좋은
뜻이더라
무엇인가를 느끼는
능력이나 분석하고
판단하는 능력이
빠르고 뛰어나다

왜 사람들은 이런 훌륭한 기질을
부정적인 뉘앙스로 낙인 찍는 걸까

상대하기가
귀찮고 성가셔서
그런가

우주는 참 경이로워
새가
날아가네
하트도
떠다니고
예민한 사람은 시시때때로 벅차오르고

이 프로젝트는
패스 하는 게
신상에 좋겠군
육감 발동

나쁜 일도 빨리 알아챌 수 있다

예민하기에
발견할 수 있는
것이 얼마나
많은가!
비록
인생의 대부분이
피곤하기는
하다만

전국의 예민미 여러분
그러니 우리 더 떳떳하게 예민해집시다!

내 모습 그대로 사는 연습

기본적으로
비참하다
※ 미움받을 용기

누군가에게 미움받지 않으려
나 자신을 억지스럽게 꾸미지 말자

그런 노력은
나를 곧 소진시킬 것이고

그걸 유지할
지구력도 없다

방전 되어버린 나에게 돌아오는 건
'변했구나' 라는 차가운 시선 뿐이니까

게다가
멘탈도 쿠크다스

노동의 맛

도통 기분이 나아지질 않는 날엔
똑하다
상하이 버거를 먹어도 풀리질 않다니
들꽃 그림을 따라 그린다
왕 재밌다!
역시 잡념을 없애는 최고의 명약은
노동
와 — 팔 아파서
더러웠던 기분을 잊었다

거울 앞에 서자

진정한 치유는

상처를
똑바로
쳐다보기

자기 인식에서부터 시작된다

진짜 지켜야 할 것은

회사생활이 고달플 땐
이렇게 생각하며 버틴다
나 같은 인간에게
말이야
허허허
...
아따
커피 쓰다
'그래, 편하고 즐거운 일만 있으면
회사가 혼자 다 해 먹지
왜 나한테 돈까지 쥐어주며
시키겠는가'
회사생활을 지키기 위하여
내 자존감은 지켜주지 못한 나

나에게 하고 싶은 말

유난히 찌질하고 자존감 낮았던

나 따위
왜 사는 걸까

나의 어린 시절

그 시절로 갈 수 있다면

꼬맹아, 넌 15년 후 쯤엔 어엿한 직장인이 되고 곰돌이 같은 남자와 결혼도 하게 된단다 그러니까 우울해 말고 네 자신을 사랑해줘 넌 쓰레기가 아니야
아줌마는 누구에요? 그리고 쓰레기 라고 까지는 한 적 없는데요

이 말을 꼭 전해주고 싶다

늘 다이나믹한 일들이 가득하길 바랐던
과거의 새해 전야와는 다르게

차분히 보냈던 서른 살의 마지막 날

이대로라도 좋다

아니 제발 이대로만 같이
지루하고도 평온하길 바랐던

닮고 닮아버린 나

뭐 맨날 신경성이래

통증이 오면
20년 늙음
우욱
망했다
예고 없이 찾아온 복통

욱우우
허리를 숙였더니 조금 괜찮아져서

?
그대로 집까지 걸어갔다

슨상님, 위가 배배
꼬인듯 아프고요
딱딱하게 경직되기도
하고 주저리 주저리
상세 상세~
위가 너무 아파 병원에 갔다

마음을
좀 편히
먹어요
그러나 역시 돌아온 대답은
신경성 입니다

신경성이라는 진단을 받을 때마다
왜 병세가 더 악화되는 느낌일까
인간은
참 대단해
정신만으로도
병을 만들어내다니
약봉다리

싫어하는 사람의 장점을 쓰다 보면
싫은 감정이 중화된다기에
섣불리 시도하였다가

떠올리는 것만으로도
스트레스여서
포기한 상태

나에게 주어진 짐

모두들
자신만의
짐이 있다

그러니 나도 눈물을 닦고

나름 결의에 찬 표정

나에게 주어진 짐을 기꺼이 감당해야지

요가를 배운다

후아후

난생 처음으로 요가를 배운다

나도 나이를 먹은 걸까

끄
응

창피한 것이 줄어들고 있어!

가장 좋아하는
가만히 있기
자세

특히 마지막 명상할 때가
킬링 파트

괜히 신여성이 된 이 느낌

거북목하고
자랑 중

요가 배우길 정말 잘했다

정말 좋은 것 하나로 족하다

시간과 거금을 들여
좋은 운동복을 샀더니
엄청나게 만족스럽다 !!

한 번 빨면 누더기 되는 옷들 안녕~
폭풍검색

어릴땐 저렴+양으로
승부했는데
점점 나에게 딱 맞는
단 하나로도 족하다

가식적이고 휘발적인 인맥들 안녕~
폭풍삭제

그러고 보니 물건뿐만 아니라
인간관계에도 적용되는 듯

목욕탕은 잘만 가면서
운동 끝나고 샤워하는 건 왜 이리 쑥쓰러울까

빨리 가서
씻고 싶다
찝찝
찝찝
오늘도 못 씻고
잰걸음으로
집 가는 중

나에게는 이런 것마저 도전이다

4

대충 보아야

아름다운 것도 있다

메뉴 고르기 개미지옥

월급 탄 기념으로
마누라가 쏜다!
먹고 싶은 거 다 말해!
정말?
그럼!
그럼 나 돈까스
매너손
또?
맨날 돈까스 말하니까
오늘은 다른 거 먹자

그… 그럼 자기 좋아하는 곱창을 먹자
아, 오빤 별로 잖아 딴 거 딴 거
그·· 그럼·· 나 피자 !!! 포테이토 올라간 거! 테두리는 자기가 좋아하는 치즈로 !!!
따악—
그것만 빼고

내 인생이 평온했던 이유

엄마! 꽃 이쁘지
너무 이뻐서 갖구왔어!
떽!!!
왜 꽃을 괴롭혀!
어느 봄날 엄마의 일침
있잖아,
넌 날 닮은 걸 고마워해야 해
응? 왜?
왕 진지
저 꽃도 예쁘게 생긴 바람에
피곤해졌잖니

그냥 저냥 생겨야
인생이 평온한 거야
아…
그러나 어쩐지 슬픈 표정
그러니까
넌 날 닮은 걸 고마워 해야 해

아빠도 인간이라

서른이 넘어서야
겨우 깨달은 사실

아빠도 아빠이기 이전에
불완전하고 외로우며
쓸쓸한 한 인간이라는 것

나와 같이 스스로의 존재를
감당하며 살아가는
고독한 개인이라는 것

1.

팍팍
MSG
팍팍

분식에는 건강을 적용하지 않는다

2.

쫌만 더 기다려
꼬르륵
꾸르륵

쫄쫄 굶긴 후 만들어준다 (핵심)

간절한 꿈

그려
아부디
나 연 맹글어 주쇼잉
너무 일찍 이별한
아빠를 사무치게 그리워했던
울아빠의 유년시절

그 때부터 울 아빠의 꿈은

'평범하게 살기'

였단다

나의 이 지루하리만치
평범했던 삶은

누군가에게는 간절한 꿈이었던 것

결정적 이유

유자차 뚜껑을 열다,

결혼을 결심하다

편안한 결혼생활의 비법
남편보다 잘할 수 있는 일도 믿고 기다려주기

부들 부들
의외로
맥가이버인
우리 엄마
긁적

우리 할머니는

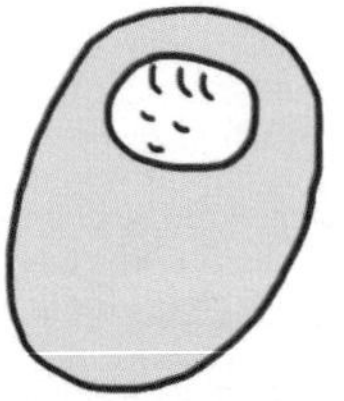

갓난아기와

남편을
차례로 잃었다

그리고 끝내는 정신적 지주였던
큰아들까지 잃게 되었을 때

할머니는 스스로에게 사형선고를 내리고
40년을 껍데기로 살아왔다

"난 행복하면 안 돼"라는 말을
밥 먹듯이 하던 할머니가 살아 있다면
를 다독여주고 싶다

말도 안 되는 일들은
머니 탓이 아니야
만큼 힘들었으면
이젠 행복할 자격 있어

우리 할머니 이야기 2

우리 할매는

따라 하면
손모가지를
확 끊어불랑께
살벌함 ;;;

골초였다

그런 할머니에게 나는 어릴 때부터
끊임없이 잔소리를 해대곤 했는데

빨리
죽으면
나 어케
살라구!
또! 또! 또!
아따
가시내
귀찮네

머리가 더 굵어진 어느 날
잔소리 폭탄을 투하하던 중 듣게 된 이야기

또또또! 도대체 그노무 것은
언제부터 시작한 거야!!
느그 큰아버지 죽고 나서
암것도 삼킬 수가 없응께
이거라도 들이켜보자
하다본께 일케 되부렀어야?

정확히 그날부터
할머니가 돌아가실때까지 나는
담배에 관한 한 단 한마디의
군소리도 하지 못했다

세상아 빨리 날 데려가라~
우리 아들 만나러가게~

우리 할머니 이야기 3

할머니는 내가
다 커서까지
무릎을 내주었다

남자는 배♪
여자는 항구♪

하나도 안 무겁다고
솜터래기 같이 가볍다고 하면서

우리 할머니 이야기 4

어릴 적 나의 세상엔
입에 춤(침)이나 볼르고 말해라잉
할무니 죽으믄 따라 죽을 거야
할머니와 나 단 둘뿐이었는데
어느새 이것저것 시답잖은 것들에 잠식당하기 시작하면서
그 존재가 작아지고

너 없인
못살것
같아
희미해지고 …
짠!
쪼그라들더니…

끝내는 세상에서 사라져버렸다

할머니의 제사상

산해진미 가득한

할머니의 제사상

40년 가까이 손수 남편과 아들의
제사상을 차렸던 할머니가

살아생전엔
그 좋아하는

곶감 한번
사드린 적 없었지

이제는 자신의 상을 받는다 …

뿌듯뿌듯
자랑자랑

가전제품의 위치를 서로 바꿔놓고는
한껏 기분이 들뜬 엄마
그녀에게도 작은 변화가 필요했구나

새삼 고맙다

자는 모습은
아이처럼
귀엽단
말이지

나도 가끔 내가 싫은데
이런 나랑 살아주는 사람이 있다니

ㅋㅋㅋ
ㅋㅋ
이럴 땐
영락없는
아재지만
빡!

남편 방귀는 "아!" 소리가 난다

어?
세상
해맑
아!!

이 소리가 더럽지 않고 귀여운 걸 보니
결혼 참 잘했다 싶음

내 동생 이야기 1

내 동생은 참으로 순한 아기였다

세상
순둥

잘 웃고 둔하고 잘생겨서
모두가 좋아했던 아기

어째 이리 순하다냐
꺅
한번 울어보자 응?

나는 그런 동생이 예쁘기 이전에
부러웠다
나도 저렇게 태어나서
사랑 받고 싶다
이런
생각이나
하는 나는,
못난 누나
였다 …

내 동생 이야기 2

어린 동생과 놀이터에서 놀다
슬그머니 혼자 두고
총총총
울며 누나를 찾는 동생을
한참 동안이나 지켜보던 나
귀여워
뉴나
뉴나
동동

어린 것이 얼마나 무서웠을까
귀여우면서도 가슴 시린 추억 한 장면

동생아 네 기억력이 쓰레기라
정말 다행이야

뭐! 왜!
헤헤
단 잘해준 것도
다 까먹음

내 동생 이야기 3

작년 졸업 후부터 모두가 오매불망 기다린
동생의 취업소식에

오구오구
장하다
궁디
퍽퍽

앓던 이가 빠진듯 시원했던 나

앓던 이라 …

'밤낮으로 괴롭히던 것'
이 없어진 느낌을
비유적으로 표현한 …

온 가족에게 앓던 이 취급당했던

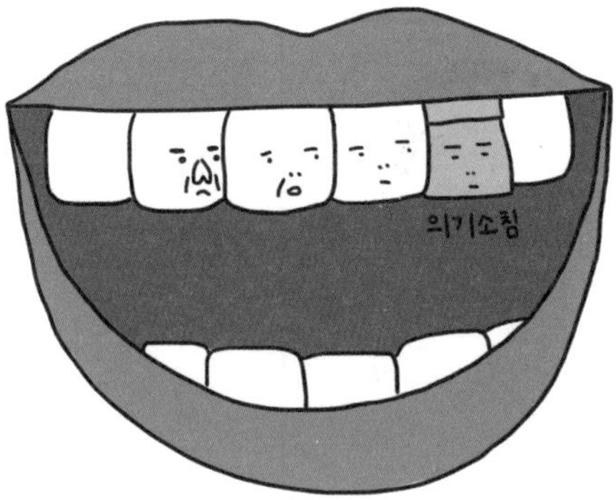
의기소침

그 긴 시간 동안
얼마나 많은 상처가 있었을까

수고했어
내 동생 …

동생아 ~
큰일남! 난리남!

와이
누님?

불 좀 꺼주겠니
히죽
히죽

딸깍

'엄마'라는 두 글자

우리는 생후 첫 생이별을
기억하고 있는지도 모르겠다

그렇지 않고서야 "엄마"라는 두 글자에
어떻게 영문 없이 눈물이 날 수 있겠는가

훌쩍
엄…마
보고싶다

(수련회 캠프파이어에서 특히 심화됨)

최대한 관심 없는 척
남편이 침실에서 연신 스마트폰만 본다
저럴 거면 스마트폰이랑 살지 나랑 결혼은 왜 한 거야!
나의 이런 못마땅한 표정도 캐치 못할 정도로 집중하고 있다
뭐지, 이 폭풍전야 같은 느낌은
기계 따위에 질투하는 나, 싫다!
집착녀처럼 보이기 싫어서 최대한 참아보는 중

대충 보아야 아름다운 것

자세히 보아야
예쁘다

오래 보아야
사랑스럽다

너도 그렇다

-나태주 시인 '풀꽃'-

드르렁컹컹

아니,
대충 보아야 아름다운 것도 있다

결혼생활이라는 게…

꽁냥
꽁냥
우리 죽을 때
까지 친하게
지내자 ~

어느날은 우주를 품은 듯 완전함을 느끼고

어느날은 망망대해 섬에 뚝 떨어진 듯
지독하게 외롭다

우산을 잃어버렸다

짱 크지?
비가 하나도 안 들어와

4년째 함께한
우산을 잃어버렸다
골프용 우산으로 성인 두 명을
거뜬히 지켜주던
물건 중에 물건이었다

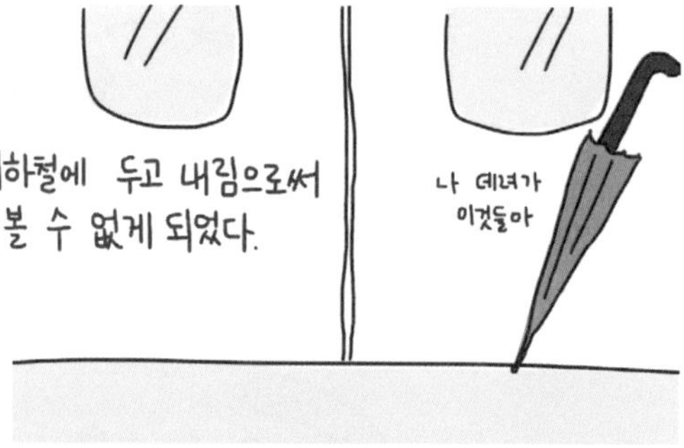
나 데려가 이것들아

그런 물건을 남편이 지하철에 두고 내림으로써
우리는 다신 그 우산을 볼 수 없게 되었다.
준비 없는 이별이었다.

남편은 자신의 부주의를 한참 동안이나 자책했지만
나는 어느 날 홀연히 질려버린 탓에 구석에 처박혀
잊혀지는 대신 평생 그리워할 수 있는 대상이
되는 것도 꽤 나쁘지 않다고 생각했다

휴일의 카페

맞은 편에는
남편이 있고

일할 땐 꼭 거북목 →

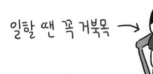

기묘하고도

푹신한 인형과

쓰지 않고 순한
아메리카노
버터리한
메이플 파이까지
휴일의 카페
너무 좋아
돈 들어가는 것만
좋아해서 큰일이야, 정말

할머니가 되어서도

이런 시시껄렁한 것들을 계속 그리고 싶다

이 맛에
사는 거지
증말 ~

보통은 이렇게 살고 있습니다

보통은 이렇게 살고 있습니다

2019년 8월 8일 초판 1쇄
지은이·빵이
펴낸이·김상현, 최세현 | 경영고문·박시형

책임편집·조아라, 양수인, 김형필 | 디자인·김애숙 | 기획제안·조히라
마케팅·양봉호, 김명래, 권금숙, 임지윤, 최의범, 조히라, 유미정
경영지원·김현우, 강신우 | 해외기획·우정민
펴낸곳·팩토리나인 | 출판신고·2006년 9월 25일 제406-2006-000210호
주소·서울시 마포구 월드컵북로 396 누리꿈스퀘어 비즈니스타워 18층
전화·02-6712-9800 | 팩스·02-6712-9810 | 이메일·info@smpk.kr

ISBN 978-89-6570-815-5 (03810)

(CIP제어번호: CIP2019023400)
• 팩토리나인은 ㈜쌤앤파커스의 에세이·실용 브랜드입니다.